Ñawi

Una perrita diferente

Jade Publishing

Por Rossy Lima
Ilustraciones de Angélica Frausto
Traducido al Náhuatl por Carlos Diego Arenas

Nawi: una perrita diferente

Jade Publishing
Corpus Christi

www.jadepublishing.org

ISBN: 978-1-949299-17-5

Ñawi

Una perrita diferente

Jade Publishing

Para mi hermana, Jennifer Danní,
por todas las historias compartidas
y por ser mi estrellita que vino del cielo.

Nawi siempre fue diferente a sus amigos del parque. Cuando ella llegaba, los otros perros le hacían preguntas extrañas:

"Oye, Nawi, ¿por qué eres tan rara?"

"Nawi, ¿por qué no tienes pelo?"

Ella y su dueña Danní siempre estaban solas. Ningún otro niño o perrito quería jugar con ellas porque pensaban que Nawi era una perrita calva.

Al llegar a su casa, Danní y Nawi se acostaron boca arriba en el patio, se sentían tristes por no tener amigos.

Se quedaron viendo las nubes hasta que llegó el ocaso y salió la primera estrella.

"Qué sola está esa estrella," le dijo Danní a Nawi.

"¡Pero qué está pasando!" gritó Danní.
Nawi brincó para ponerse sobre sus cuatro patas.

"Esa estrella se está moviendo," dijo Danní y corrieron a esconderse tras un árbol mientras la estrella se acercaba a ellas tomando la forma de un hombre con cabeza de perro.

"Nawi, Danní, no teman, soy Xólotl y no voy a hacerles daño."

"¿Quién?" preguntó Danní asustada.

"Soy Xólotl, el cuidador del sol y el creador de Nawi."

Danní salió lentamente de su escondite, detrás de ella venía Nawi.

"Ho...hola, Xólotl," dijo Danní abrazándo a Nawi.

"Nawi, tu abuelo me ha pedido que venga a verte," dijo Xólotl. "Te ha visto muy triste, y cree que has olvidado quién eres realmente."

Las pequeñas se miraron mutuamente, y Nawi empezó a mover su colita, ansiosa por escuchar el mensaje de su abuelo.

"Todo empezó antes de la creación de la humanidad. Mis hermanos los dioses se reunieron y decidieron que sólo podrían crear a los humanos con el hueso de la vida que se encontraba resguardado en el Mictlán, el lugar de los muertos.

Yo me ofrecí para esta peligrosa misión y conseguí el hueso de la vida con el que los dioses crearon al hombre y a la mujer. Pero antes de devolverlo a Mictlantecuhtli, le quité una astilla con la que hice al Xoloitzcuintle."

"¿Qué es un Xolo...itz...cuin...tle?" dijo Danní muy cuidadosa de pronunciar bien tan significativo nombre.

"El Xoloitzcuintle es el perro más importante que jamás ha existido, y es el antepasado directo de tu querida Nawi. Después de crear a este perro los dioses premiaron mi sacrificio y le permitieron al Xoloitzcuintle tener un súper poder."

"¿Un súper poder?" exclamó Danní abrazando con fuerza a Nawi.

"Sí, un súper poder. Todos los Xoloitzcuintle deberán de cuidar de su amo, protegerlo y quererlo. Si su amo hace lo mismo hacia él, como recompensa el Xoloitzcuintle ayudará a su amo a cruzar el temible Mictlán. Este es el poder más grande que se le ha otorgado a un animal."

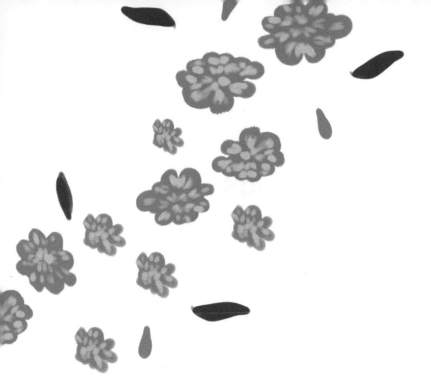

"Después de que el Xoloitzcuintle ayuda a cruzar a su amo, puede decidir seguir acompañándolo o puede elegir regresar a la tierra y ayudar a otros humanos a cruzar el Mictlán," continuó explicando Xólotl.

"¿Cómo puedes saber si un Xoloitzcuintle ha cruzado el Mictlán con otro amo?" preguntó Danní.

"Muy sencillo," dijo Xólotl. "Cada viaje al Mictlán le deja al Xoloitzcuintle una marca café en su negra piel."

"¡Nawi!" exclamó Danní, "¡eres la Xolo más valiente que conozco, ya has pasado por el Mictlán!!!" dijo Danní apuntando a la mancha café que Nawi tenía en el pecho.

Nawi empezó a brincar de alegría, pues ni ella misma sabía lo fuerte y valiente que era realmente.

"Tu abuelo quiere que sepas que lo que nos hace diferentes a los demás es un símbolo de la fortaleza de nuestros antepasados, de nuestra herencia.

Tú, Nawi, provienes de la raza más valerosa, creada de una astilla del hueso de la vida, y tú Danní, tienes en Nawi una garantía de amor y de sacrificio. Teniéndose las dos no tienen por qué sentirse solas."

Nawi

Se siwachichitóntli in ájmo nenéuki

Jade
Publishing

Rossy Lima
Itlajkuilolmachíyo Angélica Frausto
Itlajtolkuepális Carlos Diego Arenas

Náwi, se siwachichitóntli, mochípa ájmo kátka wel iújki ikníwan ómpa neawiltilóyan. Íjkuak onajsíya, okséntin chichímej kitlatlaniáyaj ika pínotl tetlatlanilístli:

"Xikkáki in, Nawié, ¿tle ipámpa sénkaj tipínotl?"

"Nawí, ¿tle ipámpa tikuaxipétstik?"

Yéjwuatl íwan ichichiwákau itóka Danní mochípa inséltin kátkaj. Áhmo se yejwántin in pipiltotóntli kinekíyaj ínwan moawiltiáskej, ipámpa yejwuántin momatíyaj Náwi kátka se kuaxipétstik siwachichípol.

Séppa, in íjkuak ínchan onajsíkej, Náwi íwan Danní motekáyaj ípan inkuítlal mílpan, tlaokoyáyaj ipámpa ájmo kimpiyáyaj imikniwantsítsin. Kichiyáyaj míxtli, kin íjkuak kálak in tonátiu íwan nes in ínik se sitláli.

"¡Sénkaj ísel ínon sitláli!" Danní okílwij Náwi.

"¡Au tle mochíwa!" tsájtsij Danní.

Náwi méwak ínik íjca ípan náwi íkxi.

"Olíni ínon sitláli" kíjtoj Danní íwan cholójkej ínik motlátiaj ikámpa kuáwitl, kéman íntech wuálau in sitláli, in kikemítij ix se chichikuatlákatl.

"Nawié, Danié, makámo ximomautíkan, ka néjwatl niXólotl, ájmo namechtlájkos."

"¿Ákin?" kitlatlánij Danní, momautiáya.

" Nej ni Xólotl, nitlapíxkau in tonátiu, nichichichiúkau Nawi."

Danní wálkis sénkaj yólik inetlatilóyan, ikámpa waláya Náwi.

"Pa...panóltij, Xolótl," kílwij Danní, kinawatekíya Nawi.

"Nawié, mókol onechijtlánik ínik nimitswalíta, ka omitsítak sénkaj titlaokoyáni, íwan momáti téjwatl ye otikílkau in akin nelli téjwatl," okíjtoj Xólotl.

In siwapipiltotóntin motákej, íwan Náwi ópeu kolínis in ikuitlápil, kinekíya kikákis itlájtol íkol.

"Móchin ópeu áchto ítech in itechiwalóka in tlakáyotl. Noteachkáwan in tetéoj omosentlálih, okisemijtójkej in san wel kinyokoyáskej in tlákaj íka iómiu nemilístli, tlen mochiyáya ómpa Míktlan, ómpa in mimíkej kátej.

Néjwatl oninoíxkets ípal ínin ówij tékitl, íwan onikájsik in iómiu nemilístli, yéjwatl in íka in tetéoj okyokóxkej in okíchtli, in síwatl. Yésej íjkuak ayámo oníkkuep ítech Miktlantéktli, onikwalkuílij se tlaximáli in íka oníkchiu in Xoloitskuíntli."

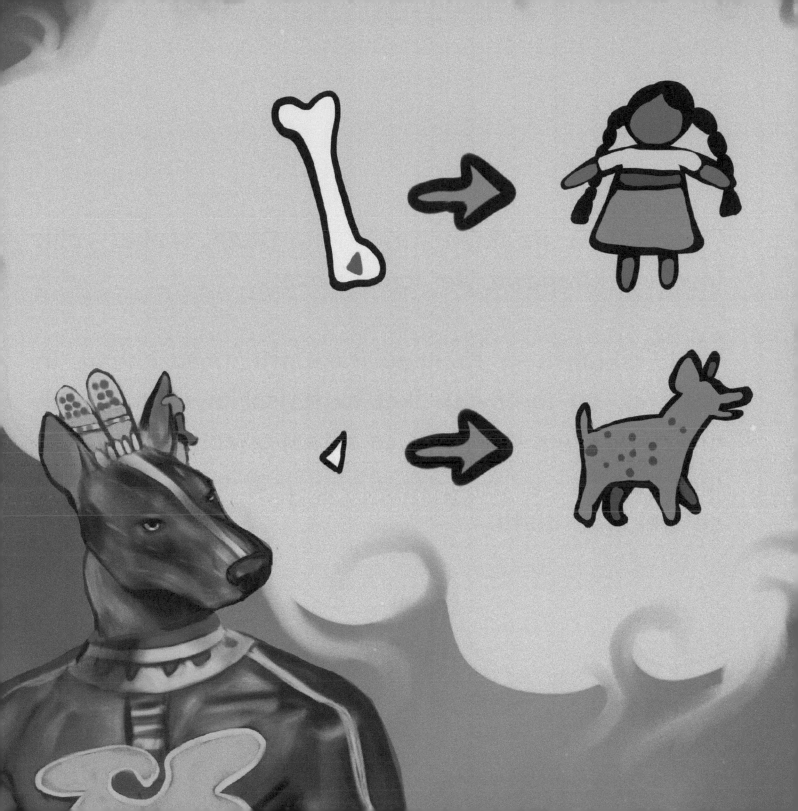

"Tle in Xolo...its...kuín...tli?" kíjtoj Danní sénkaj yólik ínik wel kitenéwa wei ichichitóka.

"Xoloitskuíntli in táchkau itskuíntli, nóso chíchi, in onkátej, au meláwak íkol motlajsoNáwi. In íjkuak onikyókox ínin itskuíntli, in tetéoj onechtlatlautíjkej ipámpa notékiu, íwan okwelkakilíjkej in Xoloitskuíntli se wei welitilístli."

"¿Kuix se wei welitilístli?" tsájtsij in Danní, kinawatekíya in Náwi sénkaj chikáwak.

"Kémaj, se wei welitilístli. Mochíntin in Xoloitskuíntin kipiyáskej, kichiyáskej, kitlasojtláskej in imitskuinwákau. Ínin ixáchi in welitilístli in omákok se yólkatl."

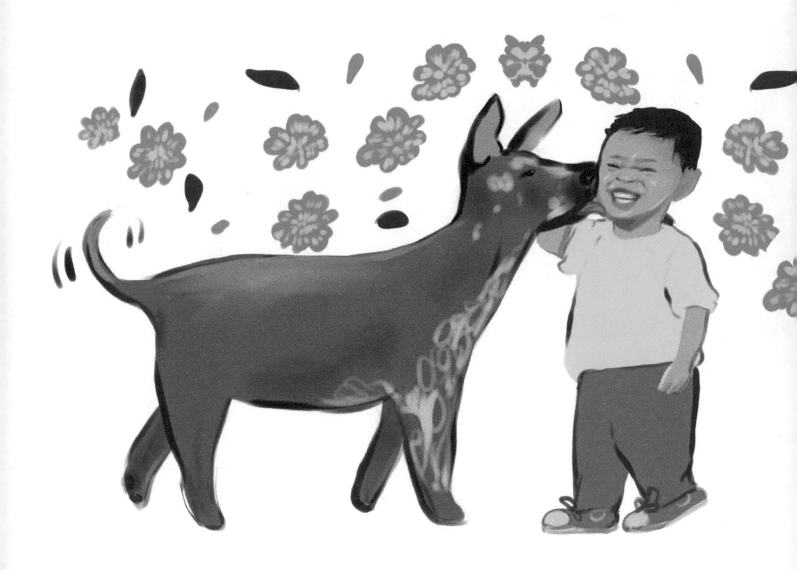

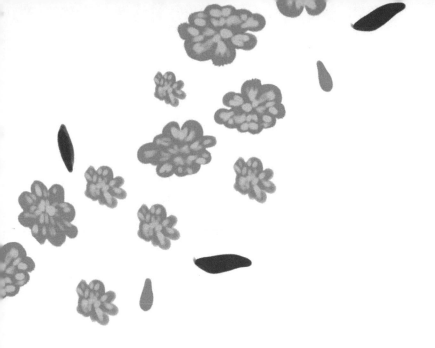

"In íjkuak ye okipaléwij se Xoloitskuíntli in ichichiwákau ompáno, wel mixkétsa kajxiltías in yéjwatl, noso mokuépas tlaltíkpak ínik wel kimpaléwis oksekíntin tlákaj in impanólis ómpa Míktlan."

"¿Kénin wel mácho in tla se Xoloitskuíntli ye ompánok Míktlan íwan ókse itskuíncau?"

"Ka sénkaj ayówij," kíjtoj Xólotl. "Ka íski panolístli ómpa Míktlan kikáwa se kamíltik chichikawilístli ípan tlíltik iewáyo."

"¡Nawí, ka senkíska titlapáltik in tiXólo in oksékin ájmo nikimmáti, ye otompánok Míktlan!" kíjtoj Danní, kimajpilwiáya in kamíltik chichikawilístli ílpan in Náwi.

Náwi ópeu chochólos ipámpa pakilístli, ka ájmo no yéjwatl okímaj in ichikawakáyo, in itlapaltilíso.

"Mókol kinéki tikmátis in: yéjwatl in techchíwa oksentlákaj, in ájmo wel iújki in okséntin, imachíyo in inchikawakáyo in tokólwan, in totlakamekáyo. Téjwatl, Nawié, otiwálkis in senkíska tlapáltik tlakamékak, in omowalyókox íka in itlaxímal iómiu in nemilístli.

Íwan téjwatl, Danié, ináwak ítlok Náwi wel timomátis in tlasojtlalístli, in tetlayekoltilístli. In tla amejwántin amoméxtin amonáwak, amótlok, ankátej, nen amomatískej amoséltin, ájmo ankawalóskej."

54

CPSIA information can be obtained
at www.ICGtesting.com
Printed in the USA
LVHW071503050421
683480LV00007B/169